LES NOUVELLES AVENTURES DE

LUCKY LUKE

d'après Morris

LUCKY LUKE
HORS-LA-LOI

SÉRIE LES NOUVELLES AVENTURES DE LUCKY LUKE

DANS LA BIBLIOTHÈQUE VERTE

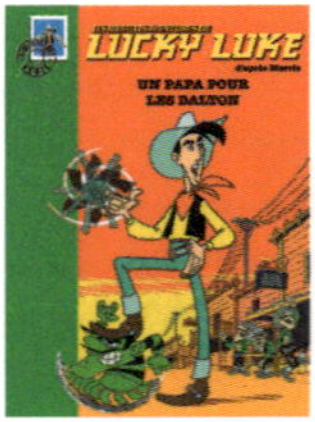

Lucky Luke 1 : Un papa pour les Dalton

Lucky Luke 2 : La malédiction de Rantanplan

Lucky Luke 3 : Gros bisou, mon bison !

Lucky Luke 4 : Bande de bandits !

Lucky Luke 5 : Lucky Luke hors-la-loi

Les Nouvelles Aventures de Lucky Luke,
une production XILAM - DARGAUD-MARINA - LUCKY COMICS
Réalisation Olivier Jean-Marie
Adapté de l'épisode de dessin animé *Lucky Luke contre Lucky Luke,*
scénario de Frank Ekinci.

Novélisation : Bertrand Ferrier
Conception graphique du roman : François Hacker

Hachette Livre, 43, quai de Grenelle, 75015 Paris.

LES NOUVELLES AVENTURES DE

LUCKY LUKE

d'après Morris

LUCKY LUKE HORS-LA-LOI

HACHETTE

Les héros de l'histoire.

LUCKY LUKE

Cow-boy solitaire et loin de son foyer.
Très malin. Tire vite.
Défend la veuve et l'orphelin (entre autres).
Son humour est aussi redoutable que son six-coups.
Comment le reconnaître dans la rue : **il tire plus vite que son ombre !**

JOLLY JUMPER

Cheval de Lucky Luke. Plus rapide galopeur de l'Ouest. Méprise Rantanplan et déteste les frères Dalton. Comprend parfaitement la langue humaine. Comment le reconnaître dans la rue : **il joue très bien aux échecs.**

RANTANPLAN

Chien policier. Aucun mot n'arrive à la hauteur de sa bêtise, mais beaucoup d'humains ne s'en sont pas encore aperçus. Comment le reconnaître dans la rue : **c'est celui qui traverse toujours au mauvais moment.**

Les héros de l'histoire.

JOE DALTON

Bandit de mère en fils. Condamné à 1473 ans de travaux forcés. Plus bête que méchant (mais quand même très méchant). Comment le reconnaître dans la rue : **il est toujours affublé de ses trois andouilles de frères...**

JACK, WILLIAM ET AVERELL DALTON

Frères de Joe, et bandits eux aussi. Averell est le plus grand, donc il a toujours faim. Les autres sont plus petits, donc rien. Sans Joe, ils sont perdus.
Comment les reconnaître dans la rue : **ils portent tous les trois une moustache.**

PROLOGUE

Fier d'être un escroc

Quelle cohue ! Une foule de ménagères, de policiers et d'employés furibonds poursuivent un homme très chic dans les rues de Washington. Tous crient :

— Escroc ! Voleur ! Menteur ! Voyou ! Sauvageon !

L'homme pris en chasse se retourne de temps à autre. Ses lèvres pincées forment un petit sourire ironique.

Cet individu qui décampe, c'est Elmer Rotten, autrement dit « Elmer le Pourri ». Sous la pluie d'insultes, il ne proteste pas. Il ne tente même pas de se justifier. Il a largement mérité ces injures. Il a travaillé dans une banque ; et tout l'argent qu'il a manipulé a fini dans sa poche.

À présent, il n'a plus qu'une idée en tête : fuir. Mais, comme c'est un homme plein de ressources, il a une deuxième idée tapie derrière cette première idée : trouver d'autres pigeons à qui voler leur argent.

Car Elmer aime deux choses, dans

la vie : voler, et avoir de l'argent. Il vole pour avoir de l'argent, et il a toujours de l'argent parce qu'il vole pour avoir plus d'argent.

Hélas, quelqu'un s'est aperçu de son coup monté. Aussitôt, Elmer a décidé de gagner un État du Far West où il n'est pas encore connu. Là-bas, tout est neuf et sauvage. Il pourra sévir tran-quil-le-ment.

Vite, le fuyard gagne la gare. La foule est toujours à ses trousses. Par chance, un train est sur le point de partir. Le chef de gare annonce d'une voix traînante :

— Les voyageurs pour Briberry Town, Trap City, Sergent Pepper Gulch et Ivy Gulch, en voiture, s'il vous plaît ! Départ immédiat !

Le train siffle trois fois, puis démarre.

À cet instant précis, Elmer débouche sur le quai, bouscule ceux qui se pressaient au bord de la voie en agitant leur mouchoir, s'excuse en prétextant qu'il est médecin, et se précipite pour attraper le dernier wagon d'extrême justesse.

Il contemple avec satisfaction les

policiers qui arrivent devant la foule. Ils ne peuvent plus rien contre lui : le prochain train ne part que dans une semaine. Et lui, dans une semaine, il sera déjà installé au cœur du Far West.

Une vie merveilleuse d'arnaques en tout genre l'attend...

CHAPITRE 1

Un compte de fées

Dans le train qui les ramène de Washington, deux trappeurs sortent une liasse de dollars. Ils sont venus du Far West pour vendre des peaux dans la capitale des États-Unis. Mais ils ont beau compter et recompter les billets, ils sont déçus du résultat.

L'un d'eux pousse un soupir et dit d'une voix triste :

— Trois cents dollars... Ridicule !

— Le castor ne fait plus recette, commente son compagnon de voyage. On devrait peut-être se mettre au coyote.

— Pour vendre la peau de ces sales bêtes ?

— Non, pour vendre les bêtes entières. Tu n'as pas remarqué que les gens étaient effrayés, en ville ? On pourrait leur fournir des espèces de chiens de garde très méchants. Grâce à leurs bestioles, les gens feraient peur, et ça les rassurerait !

— Tu es fou ! proteste le premier trappeur. Qui voudrait d'un coyote méchant chez soi ?

La discussion s'arrête là, car les deux chasseurs viennent de dégainer leur pistolet. Un inconnu est entré dans le wagon vide et leur a subtilisé un billet !

L'inconnu est plus qu'inconnu : c'est un étranger. Il porte une toque ridicule sur la tête (rien à voir avec les gracieuses coiffures en fourrure

des chasseurs), une veste rouge, un pantalon bleu et de grosses bottes assorties à sa veste. Surtout, il les a volés !

— Pas bouger, kamarrrades trrrappeurrrs ! leur dit-il en s'asseyant devant eux. Bien rrregarrrder !

Il a un accent à couper au couteau... et des doigts très agiles ! Dans la main droite, il brandit le billet. Son index gauche tournoie au-dessus... et quand il rouvre la main, le billet a disparu !

— Ça ne va pas se passer comme ça ! prévient l'un des trappeurs.

— Fais ta prière, face de moujik ! grogne l'autre.

Et il arme son tir.

— Kalme, kalme, et surrrtout pas

bouger, kamarrrades trrrapeurrrs ! rétorque l'étranger.

Cette fois, il souffle sur sa main gauche serrée, donne une pichenette sur son pouce et, avec la main droite, il fait apparaître... deux billets. Il les tend aux trappeurs ébahis.

— Moi magicien venu de trrrès loin..., explique-t-il. Pouvoirrr dou-

bler arrrgent vous... Vous vouloir gagner trrrois cents dollarrrs ?

— Oh, oui ! s'écrient en chœur les trappeurs.

De l'argent doublé ? « C'est plus qu'un conte de fées : ce serait un *compte* de fées ! » pense l'un des chasseurs.

— Alors vous donner dix dollarrrs à moi, et moi doubler arrrgent vous. Mais attention ! Pas ouvrrrirrr yeux, sinon, pan !

Les chasseurs sursautent.

— Moi transforrrmer vous pigeons ! conclut le magicien.

Aussitôt, les deux hommes mettent les mains devant leurs yeux. Le magicien les félicite :

— Trrrès bien... Vous rrrester comme ça... Moi fairrre magie...

Sur ces mots, il prend les billets, prononce quelques formules magiques et sort du wagon.

Quand les trappeurs se risquent à ouvrir les yeux, ils ne sont pas transformés en pigeon. Mais ils sont seuls, sans argent, et comprennent sur-le-champ qu'ils se sont faits pigeonner par un rapace de haut vol.

Ce qu'ils ignorent, en revanche, c'est que l'arnaqueur qui les a plumés est vraiment un magicien. Les trappeurs ont beau inspecter le train en long, en large et en travers, ils ne retrouvent pas la trace du voleur.

Pourtant, il n'a pas pu descendre en cours de route : autour d'eux, il n'y a que le désert. Où a-t-il pu se cacher ?

Nulle part. L'homme s'est volatilisé. Le plus curieux, c'est que les trappeurs ne sont pas les seuls à se plaindre. Un petit enfant pleure à chaudes larmes.

Un monsieur très distingué, avec un chapeau haut de forme, lui a dérobé sa sucette. Il a prétendu qu'il

était dentiste. Il voulait examiner le bonbon. Il est sorti pour « vérifier quelque chose »... et il n'est pas réapparu !

Deux voleurs aussi facilement reconnaissables ne peuvent pas disparaître dans un train ! Comment ces malfaiteurs ont-ils réussi leur coup ?

À l'arrivée à Ivy Gulch, le terminus

du train, l'homme au gros bonnet et le dentiste au haut-de-forme restent introuvables.

Par contre, un détective que personne n'a vu jusqu'alors descend. Il est coiffé d'un chapeau melon, pourvu d'une moustache spectaculaire, affublé d'un nœud papillon proéminent et vêtu d'un costume noir et bordeaux très strict.

Il ne s'attarde pas à la gare. Il est pressé de trouver un hôtel pour se reposer.

Elmer Rotten, dentiste-magicien-détective, n'a pas perdu son temps dans le train ; mais il n'a pas de raison de rester ici plus longtemps. Ses aventures dans le Far West ne font que commencer...

CHAPITRE 2

Un drôle de petit vieux

— Je m'appelle Horace Gossip ! prétend l'étrange moustachu qui débarque à l'hôtel Racket Palace. Je suis détective spécial de l'agence Pinkerton. Donnez-moi un billet de cent dollars.

Le réceptionniste marque un

temps d'arrêt. Puis il éclate de rire. C'est la blague la plus drôle qu'il ait entendue depuis celle du bison, de la squaw et du coyote.

— On nous a signalé un trafic de faux billets dans la région, insiste l'homme, imperturbable. Je dois vérifier votre monnaie. Montrez-moi un billet.

Le réceptionniste cesse de s'esclaffer. Il est impressionné par le *P* brodé sur le gilet du nouveau venu. Il décide de remettre au détective le billet qu'il réclamait.

Pour sa part, il ne connaît pas vraiment l'agence Pinkerton. Mais l'inconnu a l'air si sûr de lui ! C'est sans doute quelqu'un d'important...

En plus, visiblement, les billets de

banque n'ont aucun secret pour lui. L'enquêteur s'empare de celui que lui tend le réceptionniste ; le secoue, crache dessus ; l'essuie sur le gilet de l'employé ; l'observe à la lumière et conclut d'une voix sans appel :

— Ce billet est faux !

— C'est pas vrai ! se lamente le réceptionniste.

— Si, c'est vrai, c'est vraiment un faux, lâche le détective. Je le garde comme pièce à conviction, et je réquisitionne une chambre pour mener l'enquête.

À peine l'homme est-il monté dans la chambre 12 (« la meilleure », lui a affirmé le réceptionniste), un nouveau client débarque dans le petit hôtel. Il porte un chapeau de cow-boy sur la tête, un foulard rouge autour du cou, un gilet noir, une chemise jaune, un jean et des bottes légèrement poussiéreuses : la tenue classique du cow-boy solitaire et loin de son foyer.

— Il me reste la chambre 14, Lucky Luke ! lui lance l'employé de l'hôtel. Tu as de la chance, c'est la meilleure !

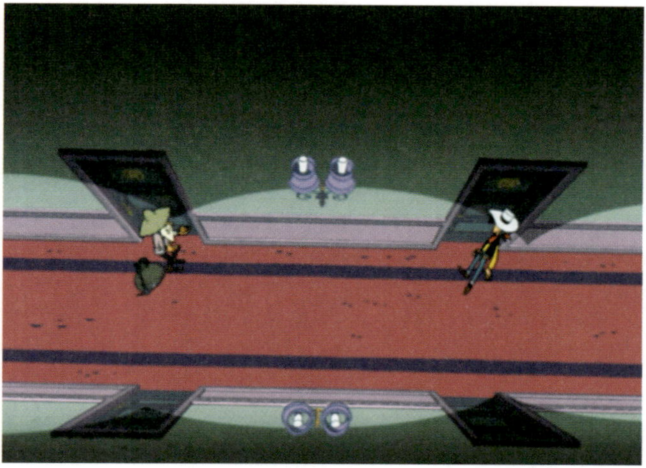

— Je ne serai pas fâché de me reposer, avoue le cow-boy le plus célèbre du Far West.

Rantaplan, le chien le plus bête et le plus sympathique de l'Ouest américain regarde autour de lui avec gourmandise : décidément, le pénitencier a bien changé... et même changé en bien !

Une surprise d'un autre ordre attend Lucky Luke devant sa chambre. Au moment où il va y entrer, il aperçoit un vieillard qui sort en bondissant de la chambre voisine, armé d'une pioche et d'un gros sac. Or, dès qu'il avise Lucky Luke, le curieux personnage se voûte et se met à tousser.

Après un bref salut, il s'éclipse. Trop tard pour lui : il a mis la puce à l'oreille du cow-boy ! Celui-ci flaire quelque chose de louche...

À peine a-t-il déposé ses affaires dans sa chambre, Lucky Luke ressort. Il sait où est forcément passé ce vieillard... Là où il y a des gens, donc des gogos et des gugusses à arnaquer : au saloon...

CHAPITRE 3

Stock en toc

Lucky Luke est convaincu que le vieillard de l'hôtel n'est pas net. Il a changé trop vite d'attitude ! L'homme mijote quelque chose de pas très honnête. Le cow-boy en mettrait sa main à couper...

Quand il débarque au saloon, les

tables sont vides. Pourtant, l'établissement n'est pas désert. Simplement, tous les consommateurs se pressent devant un grand-père grimpé sur le comptoir.

— Je vais mourir ! déclare le vieil homme d'une voix tremblante.

— Et alors ? demande quelqu'un, déçu par le spectacle.

— Quelle tristesse pour l'humanité ! poursuit le vieillard sans se troubler. Je viens de découvrir le plus grand filon de tout le Far West !

Il brandit une grosse pépite dorée. Un « OOOOOH » admiratif monte de l'assistance, désormais subjuguée.

— Où veux-tu en venir ? s'enquiert le barman.

— J'ai décidé de vendre ma

concession de Hole River, afin de finir tranquillement mes jours dans...

Une quinte de toux et un crachat douloureux interrompent sa phrase. Puis l'homme reprend :

— Dans un simple lit de plumes en soie...

Il agite un papier et s'exclame d'une voix soudain puissante :

— Mise à prix, cinq mille dollars !

— Je t'en donne dix mille ! crie un grand type aux vêtements élimés.

— Et moi, trente mille ! renchérit un petit rondouillard aussi large que haut.

— Et moi, je veux une limonade, dit Lucky Luke.

Le barman surgit devant lui, choqué :

— Voyons, Luke, tu n'as donc aucun respect pour...

— Pour ce filou sans filon ? complète le cow-boy. Non, je n'ai aucun respect pour lui. Désolé.

Il dégaine son pistolet. Flip-flap-flop fait l'arme en tournoyant autour de l'index de Lucky Luke.

Instantanément, le vieillard blêmit.

Même à Washington, il a entendu parler de son nouvel ennemi. Il sait que le gaillard est redoutable. Qu'il sert la justice et aide les plus faibles. Qu'il a un cheval ultra-rapide quoique parfois grognon – un certain Jolly Jumper. Et surtout qu'il tire plus vite que son ombre.

D'ailleurs... pan ! Le coup est parti.

Paf ! la balle percute la grosse pépite d'or que brandissait le prospecteur.

Bling ! le minerai rebondit contre la lampe suspendue au plafond.

Et chpof ! le solide galet atterrit entre les doigts de Lucky Luke... où il se pulvérise lamentablement.

— De la terre séchée et peinte en doré, commente le cow-boy. Le coup classique du stock d'or en toc. J'ai connu des attrape-nigauds plus originaux...

Pendant un long, long, trrrès long moment, il ne se passe rien. On entend une mouche voler, une abeille bourdonner, un moustique zonzonner, et même un ange passer. Et la colère des nigauds qui ont failli se faire attraper explose.

— T'avais raison, grand-père ! rugit le petit costaud en plaquant l'orateur sur le comptoir. Tu vas bientôt mourir !

— On va t'apprendre la vie au Far West, gougnafier ! gronde le grand escogriffe aux vêtements élimés.

— Fais ta prière ! conseille un troisième. Ton compte est bon...

Tous les hommes se jettent sur le faux prospecteur. Leur décision est prise : ils vont le conduire sous bonne escorte à l'arbre le plus proche. Là, ils prendront une corde, y feront un nœud coulant et s'arrangeront pour que ce menteur ne mente plus jamais à personne !

C'est alors que, pan ! un nouveau coup de feu éclate !

— Cet homme sera remis au shérif et jugé, décide le cow-boy.

— Qu'est-ce qu'on fait ? s'enquiert le grand gaillard en se penchant vers le petit costaud.

— Si tu tires pas plus vite que lui, on n'a pas trop le choix..., conclut l'intéressé.

Et c'est ainsi que Lucky Luke amène Elmer Rotten au shérif d'Ivy Gulch...

CHAPITRE 4

Une famille en or

— Arrêté par Lucky Luke ! s'exclame Rotten sur le chemin de la prison. Je suis très flatté, vraiment ! C'est un honneur pour moi !

Il se retourne un instant pour examiner le cow-boy. Puis il reprend sa route et demande :

— Dis-moi, qui t'a appris à tirer comme ça ? M. Luke ? Mme Luke ? Elle était gentille, ta maman ?

Le bonimenteur se met à glousser.

— Allez, réponds, quoi ! insiste-t-il. Tu sais, c'est un compliment... Tu tires vite, je parle bien, on pourrait s'associer ! Ça te tente ?

Rotten attend quelques pas avant de conclure :

— D'accord... Dommage, ton nom vaut de l'or...

— Eh bien, on va voir ce que tu vaux, toi ! lâche Lucky Luke en poussant son prisonnier dans le bureau du shérif.

— Mille dollars ! annonce l'homme de loi dès qu'il voit le malfaiteur. Les polices de l'Est nous ont annoncé l'arri-

vée de ce brigand. Il a été convaincu d'escroquerie, d'exercice illégal de la médecine, de tromperie sur la marchandise, et même de dérobade de sucette !

Lucky Luke hoche la tête sans détourner son arme. Il sait que, s'il quitte Rotten du regard une seule seconde, le prisonnier en profitera pour s'esquiver.

Le shérif, tout content, se frotte les mains.

— J'espère que tu as bien profité de tes dernières heures de liberté, coyote, lance-t-il au bandit, tandis qu'il le boucle dans sa cellule. Car tu vas passer un sacré moment derrière les barreaux, je te le garantis... Quant à vous, Lucky Luke, il y a une récomp... Lucky Luke ?

Le héros est déjà reparti. Le shérif soupire. Ces cow-boys solitaires sont décidément trop solitaires à son goût !

— Si vous avez des dollars en trop, intervient Elmer, je connais un place-

ment aussi sûr qu'un coffre-fort, mais qui rapporte beaucoup d'argent !

— Ne te fatigue pas : je verserai la prime de ta capture à l'orphelinat des shérifs, rétorque l'homme de loi. Et toi, dès demain, tu vas aller dans un joli coffre-fort qu'on appelle un pénitencier. D'ici là, silence ! Tu m'assommes...

Mais le shérif se trompait. Rotten n'ira pas dans un pénitencier. Pas dès le lendemain. Car, le soir venu, il a réussi à trouver une astuce pour assommer son geôlier – et pas qu'avec des mots, cette fois-ci.

— Le crotale s'est évadé ! gémit le shérif dès qu'il a réveillé Lucky Luke. Il m'a tapé sur le crâne, et...

— Comment êtes-vous entré ?

s'étonne le cow-boy, aussitôt en alerte.

— Eh bien, vous aviez laissé la porte ouverte...

— Moi ? se récrie Lucky Luke. Pas du tout !

— Alors, un courant d'air a dû l'ouvrir...

Le cow-boy secoue la tête :

— Bon, peu importe, Rotten s'est échappé, voilà ce qui compte. Ah, shérif, je ne vous donnerai pas ma chemise à gard... Ma chemise ! Mon pantalon ! Mes vêtements ! Où sont-ils passés ?

La chaise où Lucky Luke a posé ses affaires était vide. Il ne lui reste plus que ses bottes. Le cow-boy comprend ce qui s'est passé : Rotten lui a volé

ses vêtements pendant qu'il dormait. En repartant, il a laissé la porte ouverte pour ne pas risquer de faire de bruit.

Quel plan maléfique a germé dans la tête de ce serpent ? Quel coup fourré est-il en train de préparer ?

Il n'y a pas un quart de demi-seconde à perdre ! Lucky Luke prend

ses bottes et les présente à Rantanplan, couché au pied de son lit.

— Cherche, Rantanplan ! dit-il. Cherche !

Le chien fait un énorme effort pour lever la truffe. Épuisé par cet exploit, il se rendort instantanément. Il n'a pas envie de mordiller du cuir. Pas à jeun, en tout cas !

Le cow-boy le regarde et se mord les lèvres.

— Excuse-moi de t'avoir réveillé, Rantanplan... Je ne sais pas ce qui m'a pris !

En effet, Rantanplan a beau être un chien policier spécialement dressé pour assurer la sécurité d'un pénitencier, ce n'est pas demain l'avant-veille qu'il se comportera normalement !

CHAPITRE 5

L'idole d'un jour

Dans la salle des fêtes de Trick Gulch, l'émotion est à son comble. Tout le village s'est rassemblé pour entendre le discours de Mlle Jenny Selnipoivre-Chuifade, la plus importante dame de charité du comté.

Mlle Jenny n'a pas ménagé sa pei-

ne ; et son acharnement a payé. Elle a réussi à mobiliser les habitants pour qu'ils donnent sans compter au profit d'une cause juste, celle qu'incarne un homme, mais qui touche chacun. Cet homme, c'est...

— LUCKY LUKE ! crie la foule quand apparaît le héros.

Celui-ci monte sur l'estrade et attend quelques minutes. Quand les acclamations se calment, il commence son discours.

— Merci, mes braves..., dit-il dès que les hourrah s'apaisent. Merci de votre accueil, il est formidable... Merci aux bénévoles, ils sont formidables... Merci à vous, vous êtes formidables...

Sous des applaudissements formi-

dables, le sauveur sort une liasse de billets de sa poche et déclare :

— Grâce à cet argent, nous allons réaliser notre rêve à tous ! Nous allons fonder un hospice pour les cow-boys retraités.

— BRAVO ! rugit la foule.

L'orateur baisse la tête et change de ton. Sa voix devient grave, sa mine s'assombrit et la lumière baisse.

— On croit souvent qu'un cow-boy passe du bon temps sur un cheval à agiter un lasso... C'est vrai, être un cow-boy, c'est cela... Mais il y a aussi tous les côtés oubliés de notre vie... Vous savez, j'ai eu une enfance difficile. Papa a eu un accident de chariot. Alors, Maman l'a quitté pour un plombier polonais...

— BOUOUH ! huent les spectateurs.

— Oh, maman ! s'exclame le héros. Qu'es-tu devenue ? Pourquoi as-tu laissé papa seul garder les vaches en fauteuil roulant, attraper les veaux au lasso avec ses dents. Oui, avec ses dents, car ses mains, il les avait perdues un soir où il travaillait à la scierie, en échange d'un peu de bois pour passer l'hiver...

Des sanglots déchirants montent du public. Qui pourrait rester insensible à une vie aussi ardue ? Mais le plus admirable, c'est que Lucky Luke, en grandissant, n'a pas sombré dans la délinquance et la filouterie. Il a décidé de se mettre au service des autres. Lui aussi est formidable ! Tout le monde est formidable. C'est formidable !

— Demain, nous irons poser la première pierre de l'hospice ! annonce-t-il. Grâce à vous, les cow-boys du troisième âge auront droit à la paisible retraite qu'ils méritent. Car que serait le Far West sans eux ? Vivent les cow-boys ! Vive l'Hospice !

— Et vive Lucky Luke ! renchérit la foule, survoltée.

Un chœur d'enfants monte sur scène pour chanter :

« Gloire à Lucky Luke !
Merci, Lucky Luke !
Tu as si bon cœur
Ô notre sauveur ! »

Les spectateurs reprennent l'hymne. Après un discours si émouvant, chanter les soulage. Bouleversés, certains jettent les derniers billets qui leur reste.

L'orateur s'empresse de les ramasser. On sanglote et on rie à la fois ; on pleure et on bat des mains en même temps.

Lucky Luke est un orateur né. C'est plus qu'un héros : un bienfaiteur de l'humanité. La crème de la crème. Et, tandis qu'il se retire sous les acclamations du bon peuple de

Trick Gulch, le chœur d'enfants bêle de plus belle sa chanson :

« Gloire ààààà Lucky Luke !
Merciiiii, Lucky Luke !
Tu aaaaas si bon cœur
Ô noooootre sauveur ! »

Mais le lendemain matin, c'est une autre histoire. Les visages sont déformés par la colère. Des cris de haine et de rage montent de la foule qui s'est réunie sur la colline.

Lucky Luke n'est pas là. Il a laissé un gros caillou, bien en évidence, avec un mot :

Voici la première pierre de l'hospice.
Au travail, ha, ha, ha !
Signé : LUCKY LUKE

Le shérif se détache de l'assemblée et lit le message à haute voix.

— À mort ! clame l'assistance.

— Mes amis, déclare l'homme de loi, Lucky Luke a abusé de notre générosité. Il nous a dupés comme des bleus. Mais croyez-moi, il ne s'en sortira pas ainsi. Je vous promets qu'il s'en repentira !

CHAPITRE 6

Lucky Luke n'a pas de chance

Pendant ce temps, le vrai Lucky Luke ignore ce qui se trame à Trick Gulch. Il n'a qu'une hâte : trouver un magasin de vêtements digne de ce nom.

Jamais il n'a accordé une grande importance à son apparence. Juste

qu'il s'en moque... Mais bon, il y a des limites.

Ignorer les modes, pourquoi pas ? Par contre, être carrément ridicule, non. Un cow-boy doit savoir se faire respecter. Ce qui est impossible quand on porte un habit d'arlequin turquoise et rouge, avec une fleur au chapeau et un énorme nœud papillon jaune.

Rantanplan est aux anges : jamais il n'a voyagé avec un cow-boy aussi élégant. En revanche, Jolly Jumper, qui ne manque pas une occasion de se moquer de son cavalier unique et préféré, s'esclaffe bruyamment.

Aussi Lucky Luke n'est-il pas fâché de trouver un magasin où acheter une chemise jaune, un foulard

rouge, un pantalon bleu, un gilet noir et un chapeau blanc.

— C'est tout ce dont vous avez besoin ? s'informe le commerçant. Vous savez, la saison des soldes bat son plein ! J'ai de superbes spécialités mexicaines en promotion : barbes, ponchos de demi-saison, moustaches...

Le cow-boy refuse la proposition. Il n'a pas l'intention de se déguiser ! Son seul objectif, pour le moment, est de retrouver ce diable de Rotten. Après quoi, il ira remettre le bandit et Rantanplan au pénitencier ; et il pourra se reposer... jusqu'à ses prochaines aventures.

Pourtant, à la sortie du magasin une drôle de surprise l'attend.

Enfin, drôle... pas tant que ça !

— Mains en l'air ! grogne une voix glaçante.

Sans réfléchir, Lucky Luke s'exécute. Une main experte le déleste de

son revolver. Quand le cow-boy se retourne, il voit...

— Elliot Belt ! Le chasseur de primes !

Elliot est une vieille connaissance. Il a failli provoquer une guerre indienne lorsqu'il traquait un Peau-Rouge injustement accusé d'avoir volé un cheval. Cet homme est prêt à tout pour toucher les primes offertes à la capture de certains criminels.

— Ça fait plaisir de t'revoir, Luke, lâche-t-il. La dernière fois, on était dans la situation inverse, tu t'souviens ? Tu me tenais au bout de ton pistolet, et tu pensais que ma carrière était finie. En réalité, tu n'as pas de chance, je m'en sors toujours...

— Que me veux-tu, Elliot ? s'enquiert le cow-boy, qui n'a pas de temps à perdre.

— Tu vaux de l'or, Luke, répond le chasseur.

— C'est ce que tout le monde me dit, ironise Lucky Luke.

— Tu vaux très exactement mille dollars ! tranche Elliot Bell en montrant l'affiche qui représente son ennemi.

Il dégaine une paire de menottes et s'approche du cow-boy par derrière. Aussitôt, Lucky Luke lève sa botte et écrase d'un coup sec le pied du chasseur de primes. Elliot pousse un hurlement de douleur. Le cowboy secoue la tête : son adversaire est méchant, teigneux, dangereux... et décidément pas très malin !

D'un coup de poing à la base du menton, le cow-boy assomme le chasseur de primes. Puis, observant l'affiche qui met sa tête à prix, il devine qu'il y a du Elmer Rotten là-dessous. Aussi décide-t-il de profiter des soldes. Il va se déguiser pour éviter d'être reconnu et arrêté. Ainsi, il remontera tranquillement jusqu'à Rotten !

Pendant que Lucky Luke se grime en Mexicain, Rantanplan contemple le corps inerte d'Elliot Belt avec étonnement. Grâce à son intuition, il a compris que l'ami de Lucky Luke s'est fait mal en tombant dans l'escalier. Mais, grâce à son sens de l'observation, il a remarqué un détail qui cloche : il n'y a pas d'escalier dans les environs ! C'est bizarre...

Perplexe, il suit le cow-boy (désormais barbu et vêtu d'un poncho trop chaud pour la demi-saison) jusqu'à la ville la plus proche : Nasty City, « la ville méchante ». À l'entrée de la ville, des affiches annoncent que Lucky Luke est recherché pour escroquerie. Désormais, sa tête vaut 2 000 dollars ! Son nom vaut de plus en plus d'or...

— Ce visage vous dit quelque chose, *hombre* ? lui demande le shérif en patrouille.

— No, no, *hombre*, yé né l'ai yamais vou ! affirme le faux Mexicain avec son plus bel accent.

Les hommes de loi s'éloignent au galop. Le vrai Lucky Luke comprend qu'il lui faut retrouver le faux Lucky Luke de toute urgence.

Par chance, dans les rues de la ville, il tombe sur un indice tout chaud ! Un enfant pleure à chaudes larmes car un grand monsieur vient de lui voler son goûter.

— Il m'a dit : « T'as l'bonjour de Lucky Luke ! », ajoute le bambin. Et il est parti au galop avec mon goûter, ouin !

— Il est parti vers où ?

— Euh... J'sais plus trop, ouin ! Mais pour un dollar, peut-être que ça va me revenir !

Lucky Luke est pressé. Vite, il donne une pièce au gamin, qui s'arrête aussitôt de pleurer, tend la main sur sa droite et s'écrie :

— Par là ! Lucky Luke est parti vers Trap City !

CHAPITRE 7

Rotten va droit au but

Elmer Rotten a mis au point une stratégie simple : écumer les villages les uns après les autres sans jamais revenir en arrière. Quand il aura pris tout l'argent qu'il peut, il reviendra dans l'Est. Entre-temps, on l'aura oublié ! Et là, il fondera une banque, et tout recommencera...

D'ailleurs, c'est la banque de Trap City que Rotten a décidé de dévaliser, cette fois. Mais il ne la braquera pas – trop dangereux ! Non, tant qu'à se faire passer pour Lucky Luke, autant profiter de l'image rassurante du cow-boy.

Or, Rotten a appris que le dernier coup d'éclat de Lucky Luke a consisté à transporter l'argent des chercheurs d'or[1]... Et cela lui a donné une idée !

Rotten, toujours déguisé en Lucky Luke, va proposer de convoyer l'argent de la banque jusqu'à la grande ville la plus proche. Évidemment, il s'enfuira avec les billets.

---

1. Lire, dans la même collection, *Bande de bandits !*

— Merci, Luke ! lui dit le vieux banquier. Il y a tant de crapules, d'escrocs et de bandits dans notre Far West !

— À qui le dites-vous ! murmure Rotten en se mordant les lèvres pour ne pas éclater de rire.

Décidément, le nom de Lucky Luke vaut bel et bien de l'or !

— Attendez ! s'exclame son mandataire. Je voudrais aussi que vous vous chargiez de mes économies personnelles, si vous le voulez bien...

L'homme remet un dollar au faux Lucky Luke, qui le jette dans le sac de billets. Un dollar, ça n'allait pas loin. Mais c'est toujours bon à prendre... surtout quand ce dollar s'ajoute aux quinze mille déjà remis par le banquier !

— J'adore le Far West, commente Rotten dès qu'il est seul avec son cheval. On peut arnaquer n'importe qui si facilement ! Merci, Lucky Luke !

— De rien, lui répond une voix qu'il connaît.

C'est Lucky Luke... le vrai !

— Mains en l'air, « Lucky Luke » ! lance le vrai Lucky Luke.

— Mains en l'air ! glapit le banquier en braquant avec un fusil le vrai Lucky Luke. Heureusement que j'étais là, n'est-ce pas, Lucky Luke ?

— Mains en l'air tout le monde ! crie le shérif, qui arrive avec ses hommes.

Malgré la menace, le vrai Lucky Luke saute à terre, ôte son poncho

et arrache sa barbe. Rantanplan ne comprend plus rien : pourquoi ce Mexicain s'est-il déguisé en Lucky Luke ?

— Arrêtez cet homme ! exige le banquier.

— Je veux bien, répond le shérif, mais lequel ?

— Euh... Je ne sais plus, avoue le commerçant.

— Dans le doute, on n'a qu'à les pendre tous les deux, suggère l'homme de loi.

Ses adjoints et lui dégainent leurs armes ; mais le vrai Lucky Luke tire aussitôt, et les pistolets tombent à terre. Le faux Lucky Luke est démasqué : c'est celui qui n'a pas tiré, même moins vite que son ombre !

C'est alors que le shérif de la ville voisine débarque en criant :

— Nous cherchons Lucky Luke !

Aussitôt, Rotten jette sa perruque et son chapeau.

— Vous avez bien raison, dit-il en pointant du doigt son ennemi. Voici l'homme que vous poursuivez !

— Lucky Luke, je vous arrête ! déclare le nouvel arrivant.

— Non, on arrête tous, sinon ça va devenir pénible ! s'emporte le cowboy en désarmant d'une balle les derniers venus. *Je* suis Lucky Luke, mais c'est cet homme que vous voulez !

Rotten comprend qu'il a perdu la partie, à moins que... Oui, il a encore trouvé une idée pour se sortir de là !

Dégainant son pistolet, il plonge à terre, saisit Rantanplan et bondit sur son cheval.

— Pas un geste, ou je descends le cabot ! crache-t-il.

Dès qu'il s'est éloigné, les shérifs et leurs hommes sortent leurs armes.

— Non ! lance Lucky Luke. Laissez-moi m'occuper de ce coyote ! Après tout, c'est une affaire entre moi et moi...

Il siffle Jolly Jumper. Le cheval renâcle, fidèle à sa mauvaise humeur. « Et si je lui disais d'y aller à pied, pour une fois ? », envisage-t-il... avant de courir vers son cow-boy pour se ruer à la poursuite d'Elmer Rotten.

CHAPITRE 8

L'ours alléché

Rotten file droit devant lui. Il gagne les hauteurs les plus proches. Il pense qu'il y serait à l'abri.

Erreur ! Dès qu'il se trouve dans la montagne, l'escroc est perdu. La piste a disparu peu à peu. Tous ses repères se sont effacés.

À droite, des sapins. À gauche, des sapins. Devant, des sapins. Derrière, des sapins. Sous les pieds de Rotten, pour franchir les précipices, des sapins-ponts. Des mirages de sapins peints.

Heureusement, le bandit a mieux qu'une boussole pour se repérer : un chien ! Il va l'utiliser pour se retrouver.

Rantanplan comprend sur-le-champ ce que l'on attend de lui. À l'évidence, le Lucky Luke qui l'a enlevé veut visiter la montagne. Il ne va pas être déçu. Rantanplan adore les grandes balades. Autant dire que, avec un tel guide, de mauvaises surprises attendent Rotten le naïf...

D'abord, l'escroc manque de tom-

ber dans un gouffre. En fait, il tombe carrément dedans et ne se raccroche que d'extrême justesse aux rênes de son cheval.

Ensuite, il constate qu'il s'est engagé dans la mauvaise direction. Rantanplan l'a emmené exactement entre nulle part et le bout du monde. Le bandit aurait donné tous ses dol-

lars pour trouver un saloon où manger un morceau.

Mais personne ne veut de ses dollars. Il est seul avec un crétin de chien. Et le soir tombe !

C'est alors qu'il commet une erreur presque fatale. En désespoir de cause, il demande à Rantanplan de lui dénicher un lièvre, un hippopotame, une tortue, une fourmi bien grasse, enfin, n'importe quoi qui se mange. Son rabatteur lui déniche quelque chose. Hélas, ce n'est pas quelque chose qui *se* mange. C'est quelque chose qui *mange*.

Un ours.

Rotten ne comprendra jamais comment il a réussi à échapper au monstrueux plantigrade. Il doit

prendre ses jambes à son cou, courir comme un dératé et détaler comme un lapin tout à la fois. Peut-être que l'ours ne l'a pas trouvé assez mielleux et n'a pas été alléché. C'est un peu vexant, mais tant mieux !

Après une fuite éperdue, l'escroc perdu s'effondre contre un arbre. Il constate que l'ours a abandonné la

poursuite. Et que lui, par contre, a une faim d'ours... ou de loup. Oh, oui ! comme il a faim !

C'est ce moment que choisit Rantanplan pour lui réclamer sa pâtée.

Après tout ce qu'il a fait pour ce Lucky-Luke-ci, le chien estime avoir bien le droit de manger un bout !

Rotten, à bout de nerfs et mort de faim lui aussi, se jette sur le chien : faute de mieux, cet animal lui tiendra lieu de dîner. Et puis, il ressemble un peu à un gigot de mouton, non ?

« J'aime bien les caresses, admet Rantanplan tandis que le bandit lui serre le cou convulsivement, mais j'préfère la pâtée ! »

— Laisse le chien tranquille ! crie une voix.

Toujours la même voix. Celle par qui le malheur arrive. Celle qui gâche tout aux pires moments. La voix de...

— Lucky Luke ! glapit Rotten.

Il laisse retomber le chien, dégaine son arme et entend un coup de feu. Pourtant, il n'a pas encore tiré ! C'est son pire ennemi qui a fiché une balle dans le canon de son revolver. L'arme explose.

Les cheveux hirsutes, soufflés par l'explosion, Rotten est désemparé. Par chance, le sale maudit crétin de cabot sauve la situation. Il attaque l'autre Lucky Luke ! Instantanément, l'escroc décampe.

Rantanplan, lui, a arrêté son attaque presque aussitôt. Il a reconnu l'odeur de Lucky Luke. Il en a conclu, grâce à son esprit de déduction très développé, qu'il y a deux Lucky Luke. Les deux hommes sont sans doute des jumeaux, voilà l'explication !

Le cow-boy soupire. La nuit est tombée, à présent. Comment va-t-il retrouver Rotten dans la forêt ? Il n'y

a qu'une possibilité : tenter un coup de poker. Donc bluffer. Avec un escroc, ça s'impose. Surtout avec un escroc pas très intelligent et sans doute épuisé. Lucky Luke va tenter d'en tirer profit...

— Viens, Rantanplan ! lance-t-il d'une voix forte. On rentre en ville faire un bon repas.

« Tu ne m'auras pas comme ça », pense Rotten, tapi derrière un buisson.

— Et il faut se méfier, poursuit Lucky Luke. Il y a beaucoup de bêtes sauvages dans le coin : des coyotes, des hyènes, des loups, des serpents venimeux, des arnaqueurs, des ours...

« Ça ne me fait pas peur, se dit Rotten, pas convaincu. Ça ne me fait pas peur, ça ne me... »

Quelque chose vient de s'abattre sur son épaule. Il se retourne. C'est l'ours.

— Pitié, Luke ! hurle-t-il en se précipitant vers le cow-boy. Protège-moi ! Emmène-moi ! Me laisse pas là !

Lucky Luke sourit en contemplant son adversaire vert de peur.

— Je vois que tu as pris des couleurs..., dit-il. Un p'tit séjour à l'ombre te fera le plus grand bien !

EPILOGUE

Les portes du pénitencier

Le lendemain matin, le directeur du pénitencier est ravi de voir arriver Lucky Luke avec Rantanplan et...

— Qui est donc ce nouveau venu ? demande-t-il. Sa tenue me rappelle celle d'un cow-boy solitaire et loin de son foyer...

— Je vous présente Elmer Rotten, explique Lucky Luke sans rentrer dans les détails. C'est un redoutable escroc que poursuivaient les polices de l'Est, les shérifs du Far West et certains ours du coin...

— Nous allons le soigner aux petits oignons, promet le directeur. Voici notre cellule de très haute sécurité !

Il désigne une espèce d'énorme coffre-fort blindé avec des fenêtres en acier massif.

— On vous amène une visite longue durée, les Dalton ! annonce un gardien en propulsant Rotten dans sa nouvelle demeure.

La voix d'Averell retentit :

— Attention ! Mettez les patins, quoi ! Je viens de cirer le sol !

Une porte claque. On entend Joe grogner « Averell, la ferme ! », puis une voix dotée d'un drôle d'accent s'élève.

— Moi magicien venu de trrrès loin... Pouvoirrr doubler arrrgent vous... Vous vouloir gagner beaucoup les dollarrrs ?

Le directeur se tourne vers son visiteur :

— Merci de nous avoir ramené Rantanplan, Luke, ainsi que ce nouveau pr... Luke ? Vous êtes déjà reparti ?

Eh oui ! Les portes du pénitencier sont déjà en train de se refermer sur le désert. Quelque part dans l'immensité sauvage du Far West, loin de son foyer, un cow-boy solitaire chevauche vers de nouvelles aventures...

TABLE

LES NOUVELLES AVENTURES DE
LUCKY LUKE
9 DVD VIDEO
disponibles pour découvri
l'intégrale des épisodes
des nouvelles aventures
de Lucky Luke
VU sur 3
Citel VIDEO
© 2001 Xilam Animation / Dargaud-Marina / Lucky Comics / France 2 / France 3 / Les productions Tooncan inc.

Imprimé en France par ***Partenaires Book***® JL
dépôt légal n° 77455 – novembre 2006
20.07.1059.01/3 – ISBN 2-01-201059-8
Loi n° 49-956 du 16 juillet 1949
sur les publications liées à la jeunesse